世界儿童经典故事绘本

小雪花的故事

[美] 米歇尔·李 著

[澳] 迈克·克罗姆 绘

韩少佳 译

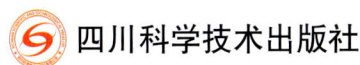
四川科学技术出版社

很久很久以前，有一只小羊羔出生了，她的牧羊人说："你是我见过的最白的小羊羔，你的羊毛像雪一样白，我就叫你小雪花吧。"小雪花是一只快乐的小羊羔，喜欢整天在山坡上跳来跳去地玩儿。

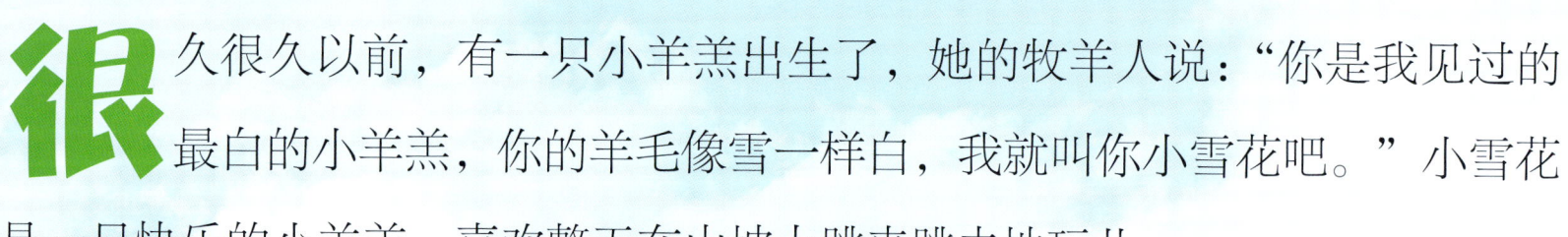

但是，她有时候也很淘气。她的妈妈经常提醒她："小雪花——哎，小雪花——你在哪儿呀？可别跑远啦，待在牧羊人的身边。"但小雪花一心只想玩，没有把妈妈的话放在心上。小雪花并不知道，有一头饥饿的狼正在寻找小羊羔吃呢。

有一天,小雪花从羊群里溜走了。她翻过小山,奔向了黑暗的森林,这里的草更绿。"这也太好吃了,我想知道牧羊人为什么不让我们在这里吃草。"她低声说。她在高高的草丛中跳跃,舞蹈,玩耍。

就在她准备啃一大口青草的时候，小雪花听到她身后的树丛中传来咔嚓一声树枝折断的声音。这下可把小雪花吓坏了，她没敢回头看，直接跳了起来，以最快的速度跑回了她的妈妈那里。

"小雪花——哎,小雪花——你去哪儿了?"她的妈妈喊道。小雪花躲在妈妈身后,吓得浑身发抖。

"好了,别再乱跑了,不然你会出事儿的。"妈妈警告她说,"森林里有狼,他们会攻击离牧羊人太远的小羊羔。"但是小雪花根本没有吸取教训。

有天晚上,像往常一样,牧羊人把所有的羊带回家,在羊群穿过大门的时候,他一只一只地数着。"97,98,99,100,好了,所有的羊都安然无恙。"牧羊人说道。

第二天早上,小雪花第一个出了门。"多么迟缓、无聊的羊啊!"小雪花心里想,"他们总是寸步不离地跟在牧羊人屁股后面,从来都没有吃到过最好的草,从来都没有像我这么开心过。"

牧羊人把羊群带到了附近的草地上。"什么?"小雪花抱怨道,"我不想在这儿吃草了,我们昨天才在这里吃过草,这里的草又白又干。我要去森林里,那里有美味多汁的绿草。再见,老羊们!"

她想起了妈妈早些时候对她说的话:"小雪花,今天是冬天的最后一天,所以要紧跟着牧羊人,我不希望你发生任何事。"

"我不会去太久的,我会在他们发现之前回来的。"小雪花喃喃地说,然后悄悄地离开了羊群。

她穿过高高的草丛,高兴地边唱边跳。就在这时,一阵饿狼的声音在黑暗的森林中回荡。她只顾着撒欢,完全没有意识到她已经走了很远了。她开始往回跑,试图找到羊群,但是小雪花迷路了。

她一心只想跑,没有注意到前面陡峭的悬崖,从悬崖边上掉了下来,幸好中间被一丛荆棘缠住了。小雪花被困住了,动弹不得,乌云很快聚集在了她的头顶。"呜呜呜——"小雪花抽泣着。

就在这时,牧羊人看到暴风雨即将来临,立刻把所有的羊都带回了羊圈,"97,98,99,一只羊不见了!是小雪花,小雪花,小雪花。"牧羊人大声地呼喊着,在暴风雨中寻找失踪的小雪花。

小雪花独自待着感到很害怕,她感觉有一个白色的、冰冷的、潮湿的东西落在了她的鼻子上,形状像一颗星星。那会是什么呢?是的,这是一片真正的雪花。"雪花真白,这就是为什么牧羊人给我起名叫小雪花。"她想。

"我应该听妈妈的话,现在我该怎么办呢?"她开始大声呼救,她流血了。

但是,只有站在她上方的那头饿狼听到了她的声音。

不是，不是只有饿狼，勇敢的牧羊人也听到了小雪花的呼救声。他及时赶到救下了这只可怜的小羊羔，并将饿狼赶出了这片森林。

牧羊人轻轻地把小雪花从多刺的荆棘丛中抱出来，并把她安全地带回了家。他浑身湿透了，身上还有淤青和划痕。小雪花看到牧羊人冒着很大的风险来救自己，她为自己没有听从母亲的话、没有紧跟着牧羊人而感到难过和自责。

现在你很容易就能找到小雪花,她就是紧跟在牧羊人后面的那只小羊羔。

关于羊的趣闻

★ 羊的视力很差,但听力很好。

★ 小羊能够通过咩咩声认出自己的妈妈。

★ 如果你看到一只羊四脚朝天地倒在地上,伸出手来帮帮它。羊在这个状态下是爬不起来的。如果它这个姿势保持太久,最终会死去。

图书在版编目（CIP）数据

小雪花的故事 /（美）米歇尔·李著；（澳）迈克·克罗姆绘；韩少佳译. -- 成都：四川科学技术出版社，2023.5
（世界儿童经典故事绘本）
书名原文：The Story of Snowflake
ISBN 978-7-5727-0879-4

Ⅰ.①小… Ⅱ.①米…②迈…③韩… Ⅲ.①儿童故事—图画故事—美国—现代 Ⅳ.①I712.85

中国国家版本馆CIP数据核字（2023）第035704号

著作权合同登记图进字 21-2022-386号
Copyright: © Scandinavia Publishing House
中文独家版权：北京圣品国际文化有限公司

世界儿童经典故事绘本
SHIJIE ERTONG JINGDIAN GUSHI HUIBEN

小雪花的故事
XIAO XUEHUA DE GUSHI

著　者	［美］米歇尔·李
绘　者	［澳］迈克·克罗姆
译　者	韩少佳
出品人	程佳月
责任编辑	张　姗
助理编辑	李　礼
责任出版	欧晓春
出版发行	四川科学技术出版社

成都市锦江区三色路238号　邮政编码 610023
官方微博　http://weibo.com/sckjcbs
官方微信公众号　sckjcbs
传真　028-86361756

成品尺寸	285 mm × 210 mm
印　张	2
字　数	40千
印　刷	河北炳烁印刷有限公司
版　次	2023年5月第1版
印　次	2023年5月第1次印刷
定　价	49.80元

ISBN 978-7-5727-0879-4

邮　购　成都市锦江区三色路238号新华之星A座25层　邮政编码：610023
电　话：028-86361770

■ 版权所有　翻印必究 ■